桂米朝句集

桂米朝句集

桂米朝

岩波書店

序文　色気と品性と

このたび米朝さんが句集を刊行されるとのこと。心よりお祝い申し上げます。米朝さんとは、東京やなぎ句会で四十二年もご一緒させていただいております。

東京やなぎ句会について、ちょっとご説明いたします。

ある会の打上げの場で、「この顔ぶれで、ひと月にいっぺんぐらい集まりたいね」「どうせなら句会でもやろうか」などと大変盛り上がりまして、昭和四十四年一月、新宿の鮨屋で初めて句会を開きました。

現在のメンバーは米朝さんのほかに、永六輔・大西信行・小沢昭一・加藤武・柳家小三治・矢野誠一、そして私でございます（江國滋・神吉拓郎・三田純市・永井啓夫もメンバーでしたが、故人となりました）。

発足以来、毎月一度集まって、ワイワイガヤガヤと賑やかに俳句を楽しんでおります。

米朝さんは関西にお住まいなので、月例句会にはあまり出席出来ませんが、米朝句には印象に残るものがとても多くあります。

「俳句は素人やから……」などと言うのはご謙遜。若い頃から子規や蕪村などの句集を沢山読んでいる様子ですから、かなり心得がおありと思います。

俳句には人となりが現われる、と申します。噺家でただ一人、文化勲章を受けた米朝さんの俳句には、品格と知性が感じられます。洒落ていてスマートなのも、米朝さんの芸風に通じるものがあります。

米朝さんの俳句を評するなど僭越ではありますが、その素晴らしさを知っていただきたいと思い、いくつかを例にあれこれ述べてみます。

東京やなぎ句会の仲間うちで、今でもしばしば話題に上る名句といえば、

　　春の雪誰かに電話したくなり

です。この句の素晴らしさは、かざらぬ心情を詠んでいるところです。人恋しさが感じられ、上

品な色気がある。これも米朝さんのお人柄そのままです。

上の五文字「春の雪」を替えれば、四季折々に使える万能句でもあります。

見たままの情景を素直に詠んでいるところも、米朝さんの句の特徴です。

表札のかわりの名刺空っ風

引っ越したばかりなのか、まだ表札がなくて、代わりに名刺が一枚貼られていて、寒風が吹き付けている――そんな情景が目に浮かぶようです。

高浜虚子は「目前に見た景色をただ写すように詠むべし」と教えたそうですが、この教え通りの名句だと思います。

句を読んだ誰もが「ああ、なるほど」と情景を思い描けるように、十七文字の短い言葉で表現出来るのも、きっと落語で培った力なのでしょう。

打上げを見て帰りきて庭花火

この句では、夜空に咲く大輪のような打上げ花火と、庭先での小さい花火との対比が、とても面白いと思います。

夏休みに、家族で川原まで花火大会を見に出掛け、帰ってきてから庭で線香花火を楽しむ――そんな物語を思い描くことが出来るのも、この句の巧さです。

ほのぼのした情景が浮かび、とてもいい句だと思います。

車絶えし言問あたり明け易き

これは、浅草にある永六輔さんの実家のお寺（最尊寺）で開かれた句会で詠まれた句です。上方の人が詠んだとは思えないほど、江戸の空気を見事に捉えていると思います。

学生時代を東京で過ごした米朝さんは、江戸の香りを肌で感じていたのかもしれません。

そして、この句には、米朝独演会で全国を回った経験も活きているように思います。訪れた土地と、そこに暮らす人々の雰囲気を瞬時につかみとることが出来たからこそ、全国各地の公演が成功したのではないでしょうか。

米朝さんの俳句には、歩いてきた道のりを感じさせるような深みが感じられます。品格だけでなく、どこか色っぽく洒落た味わいもある。変わらぬ素直さと謙虚さにも、胸を打たれます。

今回、あらためて米朝さんの全俳句を読み直してみましたが、巧いなあ、と思う作品が沢山あります。

風鈴も鳴らず八月十五日
筍につきたる土も故郷《くに》の土
初蝶や土佐空港の昼しづか
婚礼の荷が湖畔ゆく揚雲雀
ランドセルこれが苦労のはじめかも
売った家庭《いえ》そのままにひこばえる

この六句を、先の四句に加えて、私、扇橋による「米朝句十選」といたします。
高座でも、句会でも、米朝さんの優れた感性と表現力には、いつも感心させられます。落語家・桂米朝とはまた違う一面を、米朝俳句から読み取っていただけたら幸いです。

東京やなぎ句会宗匠　入船亭扇橋

目　次

口絵写真・橘　蓮二
装丁・桂川　潤

俳句

＊東京やなぎ句会句報収載の句を中心に、制作年代順に収めた。俳句の前に句会が催された年月を記した。

＊字体や仮名遣いは、原則として句報のままとした。

＊米朝自筆の色紙も春夏秋冬の順に収めた。この中には、東京やなぎ句会で詠まれた句以外のものもある。

昭和四十四年

◆一月

煮凝の一瞬溶ける舌の先

初鶏の声より先に山の神

表札のかわりの名刺空っ風

◆二月

少しづつ場所移りゆく猫の恋

恋猫のえさもとらずにいでしよな
春の雪誰かに電話したくなり

買収の噂も聞かず麦を踏む

海凪げり新車と梅を背景に

◆三月

立春を二十日すぎたる朝寝かな

パンティはふとんの外に朝寝かな

ふきのとう四五寸横に残る雪

このあたりテレビも無くてあたたかし

あたたかし竹林金のごと光る

◆四月

蝌蚪《かと》孵《かえ》るここらもテレビの歌ばかり

就職の子よりの手紙蝌蚪孵る

◆七月

アポロ月を離れこうもりひらりと舞い

鳥もなくこうもりもなき町に住み

顔よりも大きな団扇裸の子

蟻の群れ南瓜畑へ続きけり

稲妻の帰りたくない夜の酒

◆八月

反省もなき自己嫌悪蓮の花

蓮池の小さくなりし去年今年

バス降りて水泳帰り羽蟻とぶ

草いきれ猫の死骸の過疎地帯

下は締め上唇の半開き

◆十月〈武州吟行〉

入日《いりひ》にザクロその粒々《つぶつぶ》の輝ける

小駅に生けしザクロの薄埃り

人入れぬ野火止塚の秋の蝶

杉むらのしぐれのあとの苔じめり

このあたり自然林とや烏瓜

◆十一月

救急車のサイレン遠くしぐれ居り

一望のしぐれの中の彦根城

日ざし冬山茶花一つ咲いた朝

この家も区画整理の山茶花咲く

三の酉君等まっすぐ帰るのか

若き日のオケラでありし酉の市

◆十二月〈浜松吟行〉

咳絶えず投票場の内と外

咳一つしても明治の人であり

待ちメーターかけずタクシー日向ぼこ

小春日をうけて羅漢の笑い顔

神木の七五三《しめ》張り替える入日中《いりひなか》

昭和四十五年

◆二月

初午の幟一本あたらしく

初午の太鼓大正五年とや
鶯を日向になおす日曜日

立春の海のうねりの大いなる

◆六月

あの時のしまい忘れし餅のカビ

待人来ず又酒にするカビの宿

枇杷の種ツルリとのどをこしにけり

孑孑《ぼうふら》も督促状が来たらしく

車絶えし言問あたり明け易き

◆七月

夕立一過主なきくもの巣のゆるる

ゆだち来る大和三山すじかいに

浴衣がけ和尚のプライバシーありという

浴衣がけだんじり囃子はものの皮

遠い歌声林間学舎ありという
教材のあまりと百合をいけくれし

◆八月

新宿の秋とうもろこしから匂い

膝枕ちと汗ばみし残暑かな

高校野球燃えたつ夜のカンナ哉

敗戦も蟻めざすところのある如く

風鈴も鳴らず八月十五日

◆十二月

十年をヒレ酒二杯埋め去り

河豚提げしらくだに死相なかりしか

縁側一杯の日ざし布団を縫いあげし

菊枯れがれ移転きまりし墓地の隅

珈琲茶碗のそばにマスクをそつと置き

昭和四十六年

◆一月

水餅や色の変りし古ハガキ

風花と共に舞いいる鉋《かんな》屑《くず》

隣の子をたのまれてゆくウソ替えに

◆五月〈大阪・京都吟行〉

筍につきたる土も故郷《くに》の土

山城の筍という口当り

矢車の音に角力の初日かな

薔薇の垣いつまで続く立ちばなし

◆八月

プール際子等一列に胸を張り

赤とんぼ少し増えたる墓参かな

再婚のはなし又消え秋扇

昭和四十七年

◆六月

女房留守なめくじと居る古畳

含みある医者の言葉やなめくじら

緑蔭にブランコのある陽の宿り
籐椅子が髪ひっぱった幼い日

雨やどり梅雨の場末の映画館

◆十月〈吉野吟行〉

聖人の糞ひりおはす菊畑

奈良の日曜グリーンベルトに鹿の居て

秋の蚊や句會あるてふ如意輪寺

銀杏古《ふ》りて寺あるを示す飛鳥路

昭和四十九年

◆七月

入れ違いに母も夜店へ行《ゆ》かれしと

露地ごとに夜店のあかり見えにけり

◆九月〈越中吟行〉

若き日の父母の写真や雁鳴ける

雁鳴くや神通川は暮れのこり

早稲刈りつくし遠山に日の当る

富山梨売る子の胸のはちきれそう

マニキュアの爪でむく桃のみずみずし

◆十一月〈名古屋吟行〉

病院の夕餉に新海苔を添える

新米に新海苔添えて古女房

落葉土に還りゆく山ひよ鳴ける

明治村獄舎の外は秋日和

昭和五十年

◆一月

舞い初めの孫の手ぶりについつられ

初釜や長い袂をもてあまし

舞い初めや振りの袂のこぼれ梅

◆六月〈美濃路吟行〉

白壁の落ちし土蔵や梅雨じめり

夏炉燃え郡上八幡朴葉《ほおば》味噌

山も田も六月という緑かな

百円のテレビ切れせせらぎ涼し

昭和五十一年

◆二月〈京都吟行〉

通いなれしプラットホーム日脚のぶ

四五日の旅おもしろし日あしのぶ

立春を四五寸すぎし京の冷え

底冷えの京のうどんのなつかしき

祇園うら年増ばかりの針供養

◆八月

あのまだ佇《ま》っている土用波

土用波何人処女を奪われし

昭和五十二年

◆一月

地下鉄を出て寒月のビルの谷

月寒しただ不本意な歩を運び

珍しく床屋こみいる四温かな

受験子に一声かけて寝酒かな

スキー客ごっそり降りしじまかな

◆三月〈池田吟行〉

鶯餅前に童女のかしこまり

春日遅々アルバム整理明日にしよう

分譲地今年限りのつくし萌ゆ

老妻と仰げば春の星座かな

◆六月

むかし名妓らしき住まいや夏のれん

妻は留守子どもは寝たり灯取虫

台風の来らんとする繁りかな

昭和五十三年

◆一月

元朝の新聞にある訃報欄

元朝やいささか禁句ありにけり

◆七月〈名古屋吟行〉

停電良い納涼の夜となりぬ

酢豆腐の居るはにぎわし夕涼み

炎昼や鳩こぎたなくとび廻る

昼の蚊のとび紫陽花は衰えし

蟻いそがしい見ているだけや気の弱り

昭和五十四年

◆四月

初蝶や土佐空港の昼しづか

放課後の蝶校庭をすじかいに

碁敵を呼びし八十八夜かな

朝東風や旅行カバンを今一度

書債あり春愁の筆重くとる

昭和五十五年

◆十月

仕事やや閑あれば秋ゆくという

ゆく秋やこの頃狸化かさざる

月のかさ十夜帰りの五六人

この垣根この茶の花も父の家

神無月水の歯にしむ二三日

昭和六十一年

婚礼の荷が湖畔ゆく揚雲雀

◆三月〈近江長浜吟行〉

こぞことしひばりの声もきかざりき

巨石盆梅長浜城下晴れ渡る

老梅の巖の如くありにけり

鴨鍋を少し残せし恨みかな

平成元年

◆二月

剪定の音聞きながら朝寝かな

剪定終えて予報通りの雨となる

春蘭もらいて困り果てにけり

老眼鏡一日さがす春の雨

伊勢参り木刀買うて戻りけり

平成八年

◆三月〈盛岡吟行〉

孫も犬もころころ育ち入学す

阪神大震災

仮校舎でも入学児には花の園

ランドセルこれが苦労のはじめかも

今朝の雪午后には消えて沈丁花

夜は雪という予報あり酒にする

平成九年

◆七月〈日本橋三越吟行〉

むかし三越扇風機が回ってたよ

水着売場値札だけ見て通りけり

看護婦の肩ごしにあり雲の峰

水鉄砲孫二十分にて飽き果てし

◆十二月〈横浜吟行〉

屛風ゆっくりと倒れ子供の笑い声

平成十年

◆三月

初燕花見小路をぬけゆけり

◆五月〈京都吟行〉

亀ずるずると五月の水に落ちゆけり

子も猫も新居に馴れて新茶かな

葉桜や高津の宮のたたずまい

平成十一年

◆六月〈新潟吟行〉

繭煮つつ中のカイコを思いけり

藺売れて淋しき部屋にバラ置かん

日陰より日陰へ移る立ち話

人を得て越後上布の涼しさよ

新しき蛇の目の匂い梅雨に入る

◆十月

銀婚式知らぬ間にすぎ梨をむく

朝から晴れ梨と孫とが届きけり

良い月だやっと気が付くスキヤ橋

停電で聞こえ出したり虫の声

おとり籠可憐な顔が並んでる

平成十二年

◆七月〈日本橋三越吟行〉

三越であじなど買いて帰る老い

携帯にとりかこまれいる暑さかな

打水に打たれたがりの裸ン坊

平成十三年

◆三月〈大阪吟行〉

ひこばえに漸くぬくい日ざし哉

売った家《いえ》庭そのままにひこばえる

たこ焼きもお好み焼きも春の客

何となくいつもの道や春の宵

ボールペン使い切ったりあたたかし

平成十七年

◆五月

鉢植えの牡丹座敷を圧しけり

ふうわりと一ひら散りし牡丹かな

噴水の連想何故か紙風船

蚊柱の口へはいりしこともあり

夏の夜に置きたいような女なり

平成十九年

◆三月〈大阪吟行〉

犬ふぐり孫に教えてうなづけり

犬ふぐり漸く道に見ずなりぬ

春の夜の猫いずこへかゆきにけり

彼岸雪今朝まだ残りいたりけり

隣からの貰い蛤だぶりけり

◆七月〈日本橋三越吟行〉

打上げを見て帰りきて庭花火

うちの子でない子がいてる昼寝覚め

一回りもう秋物の百貨店

平成二十三年

◆四月

戻り来て足の春泥ぬぐいけり

みな故人足袋の春泥ぬぐいけり

青ぬたや昔なじみは皆故人

桜餅一つ残して帰りけり

八十八の頭脳枯れたり春くるる

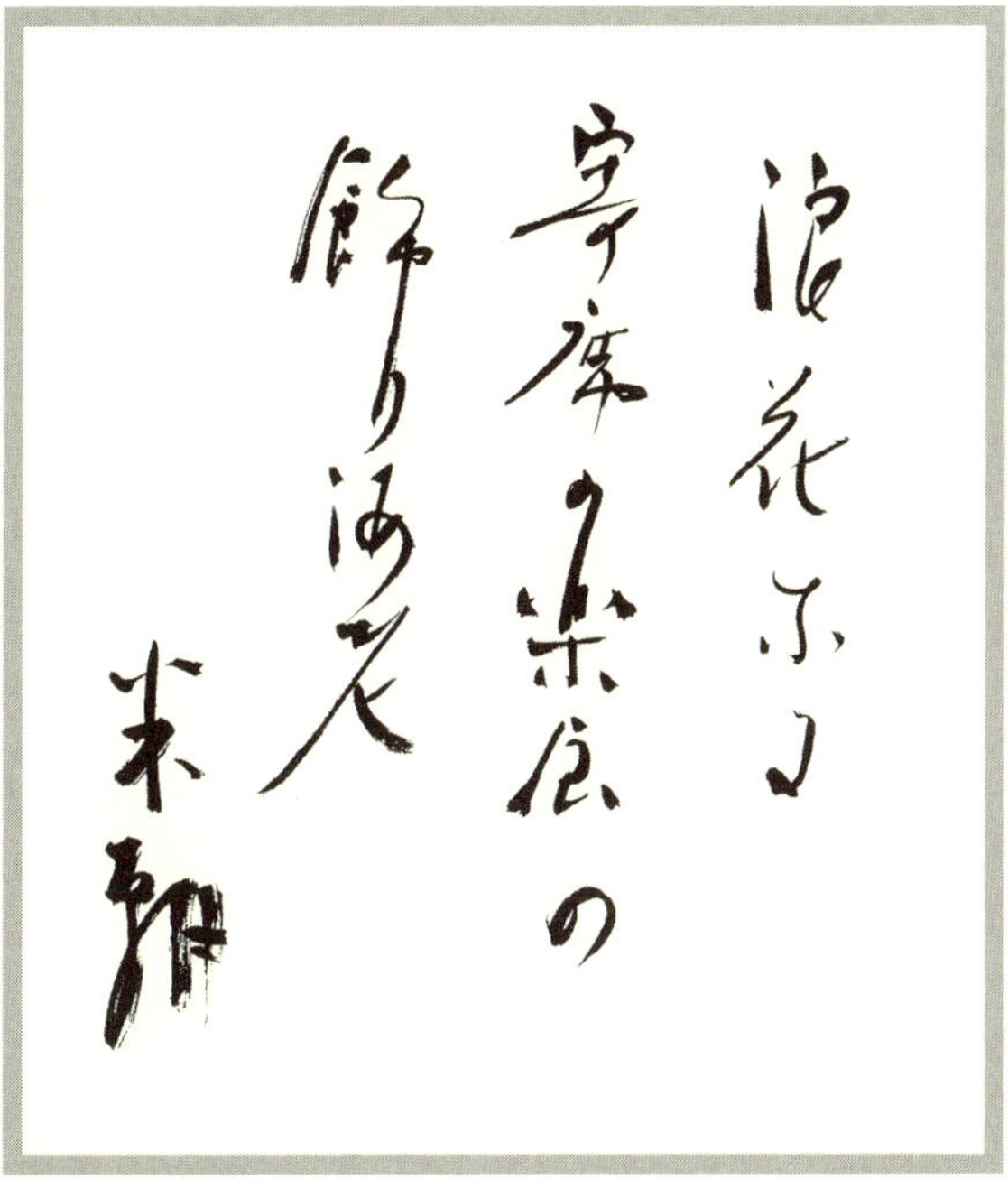

浪花なる寄席の楽屋の飾り海老

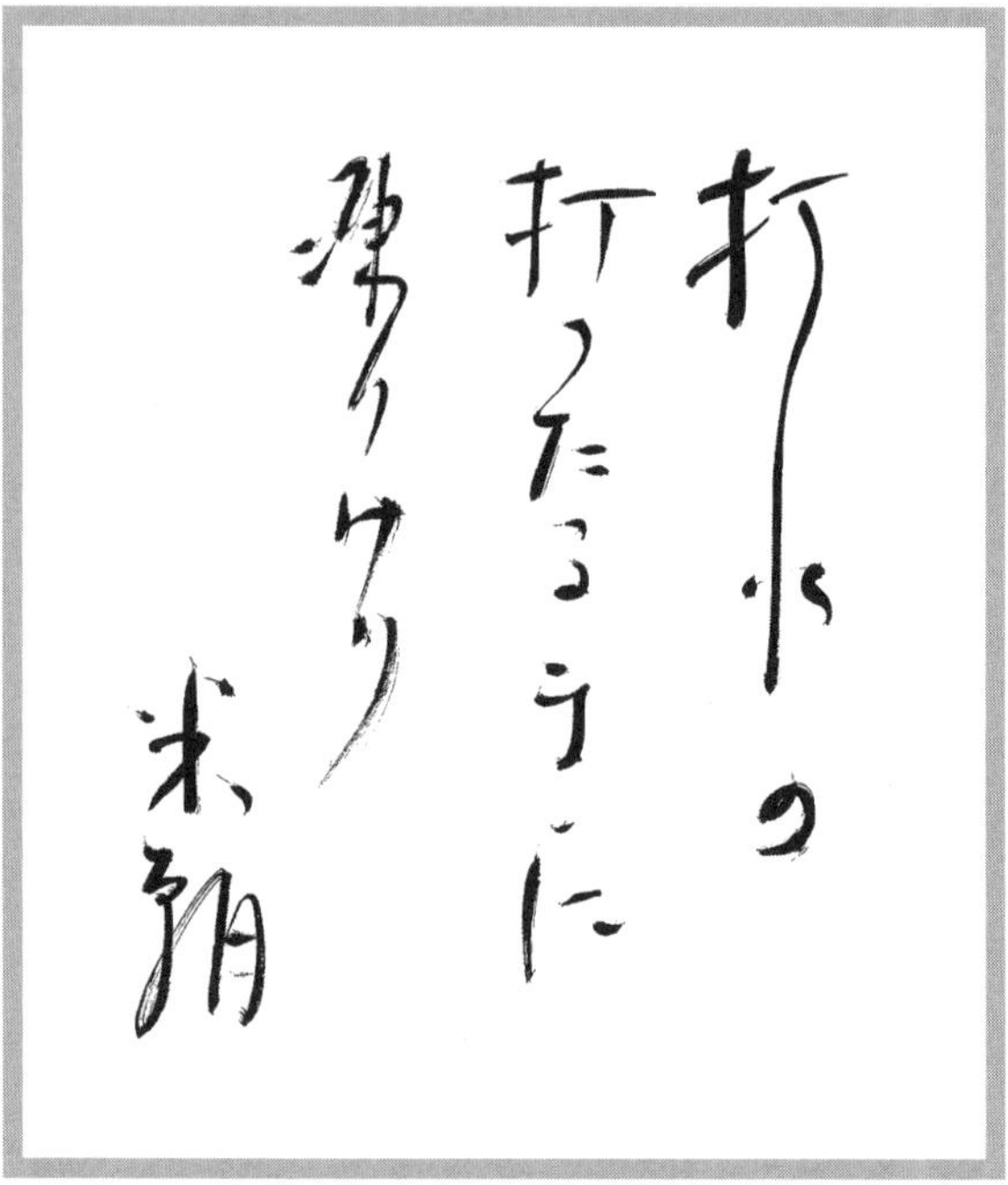

打水の打ったるまゝに凍りけり

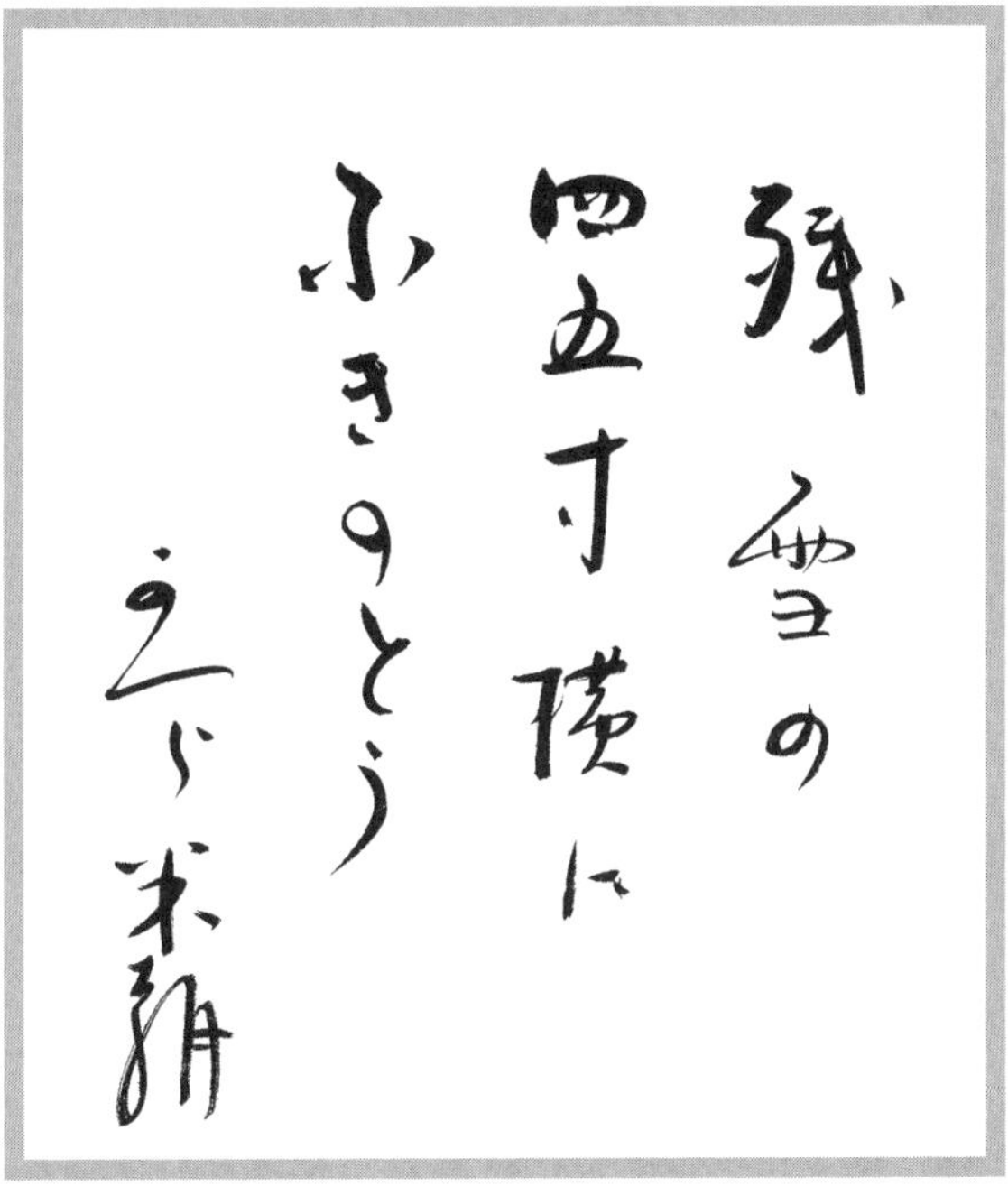

残雪の四五寸横にふきのとう

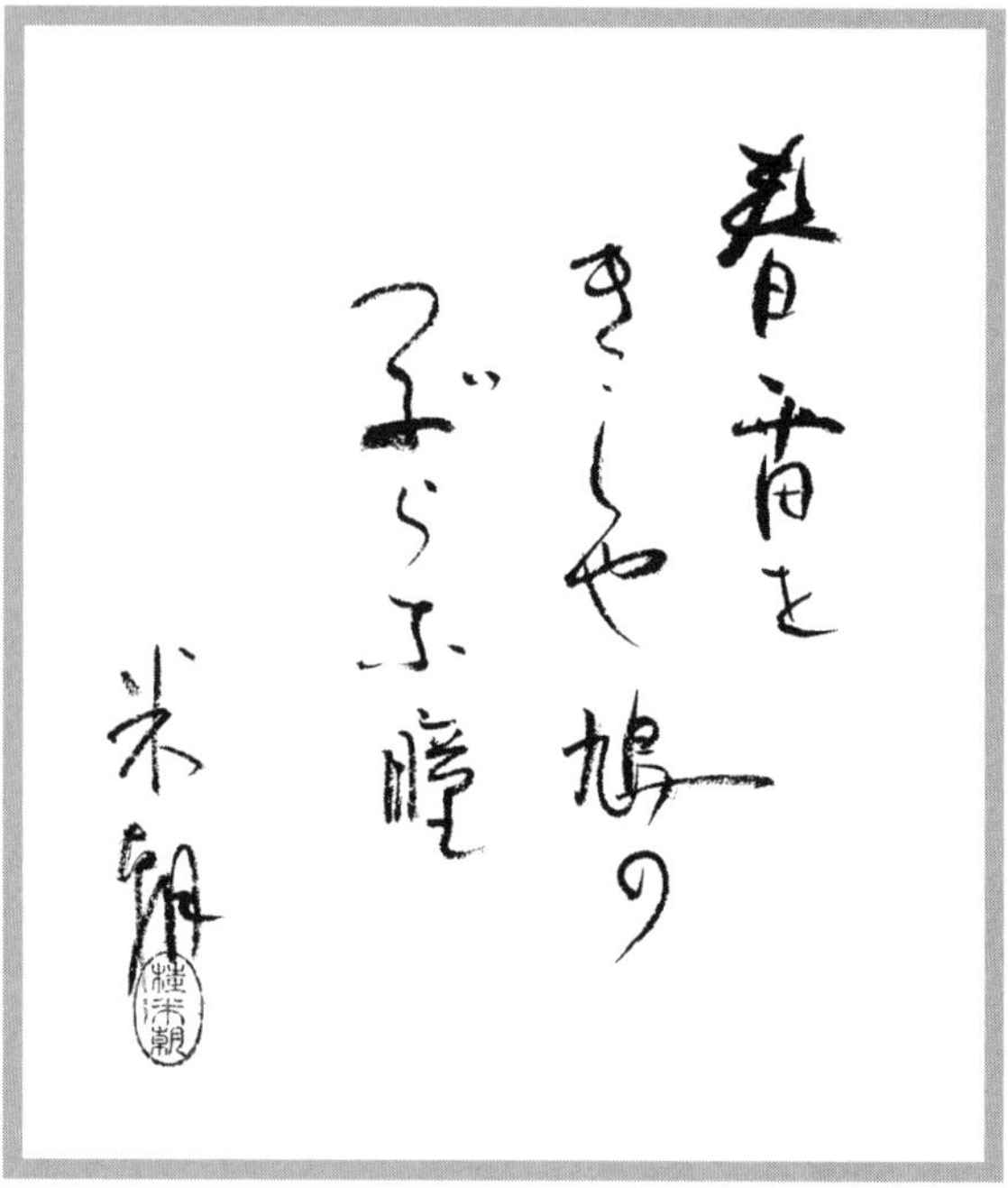

春雷をきゝしや鳩のつぶらな瞳

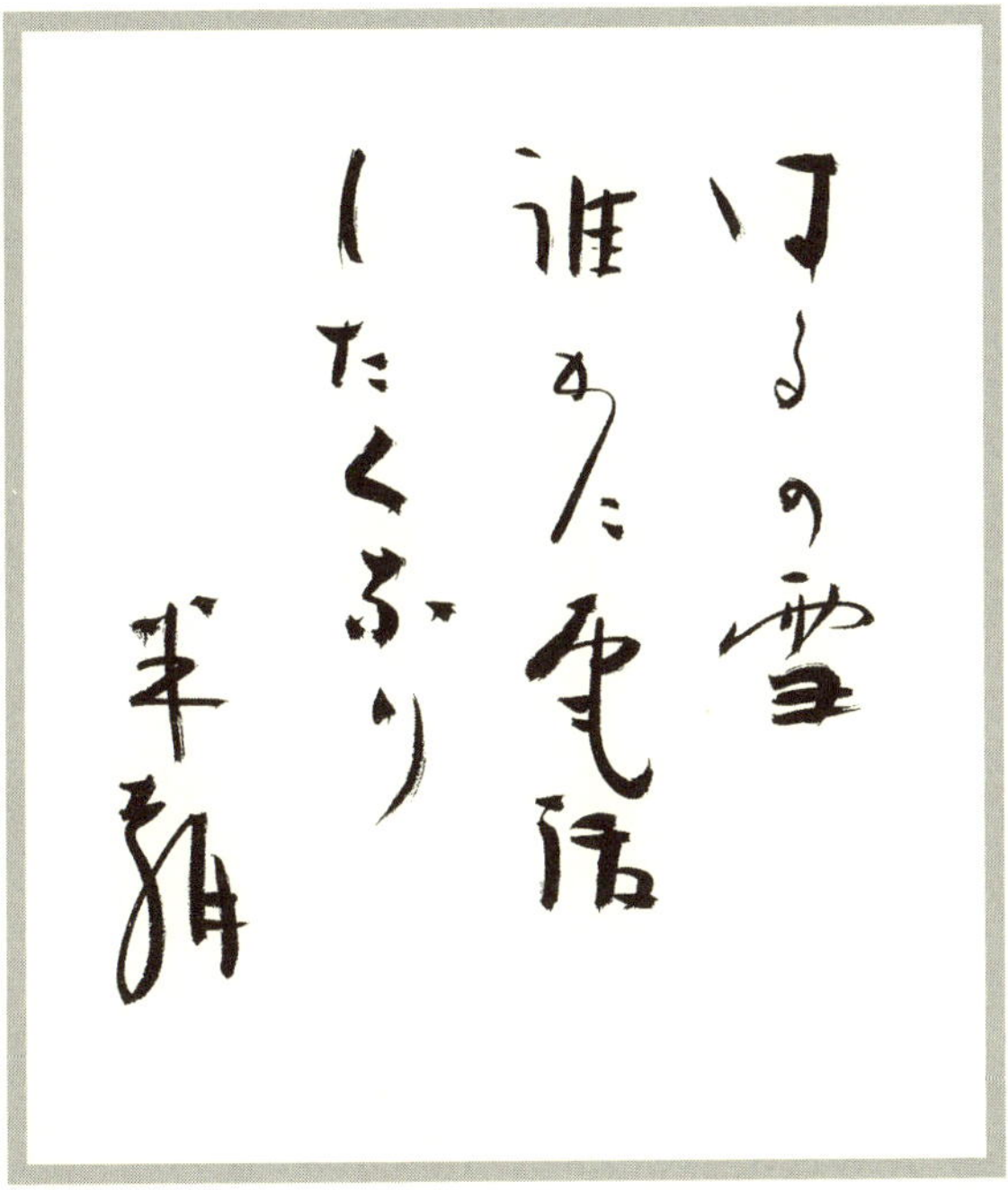

はるの雪誰かに電話したくなり

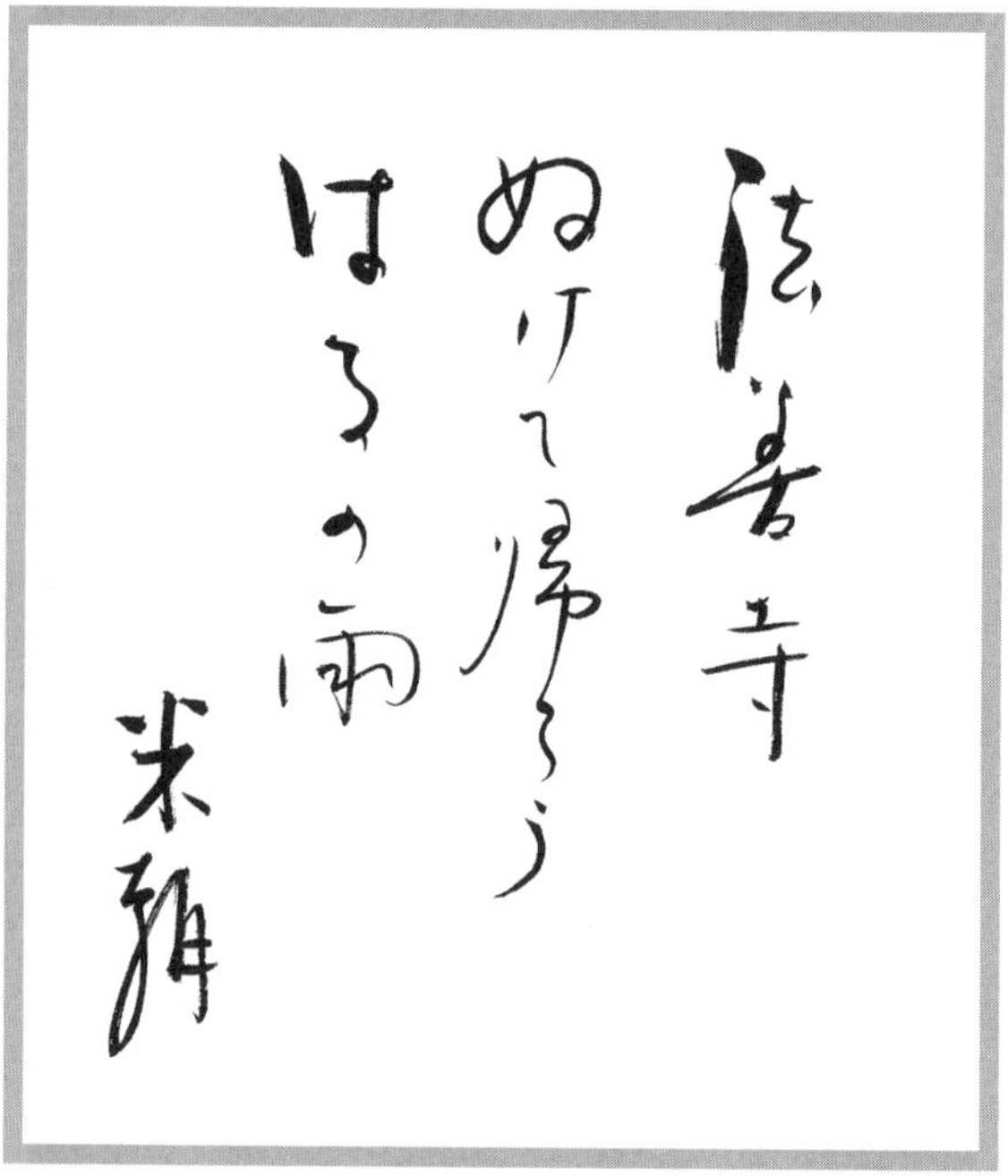

法善寺ぬけて帰ろうはるの雨

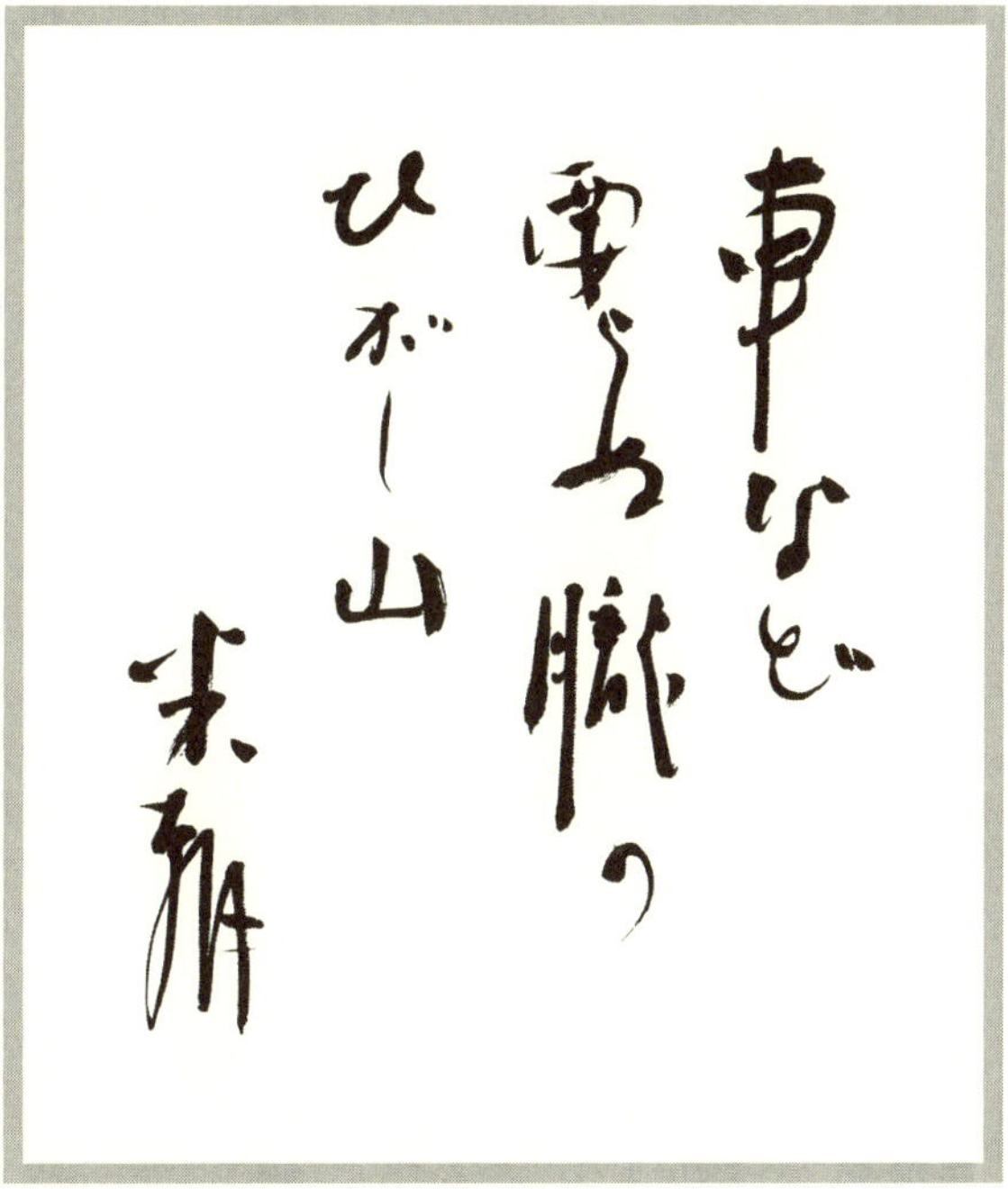

車など要らぬ朧のひがし山

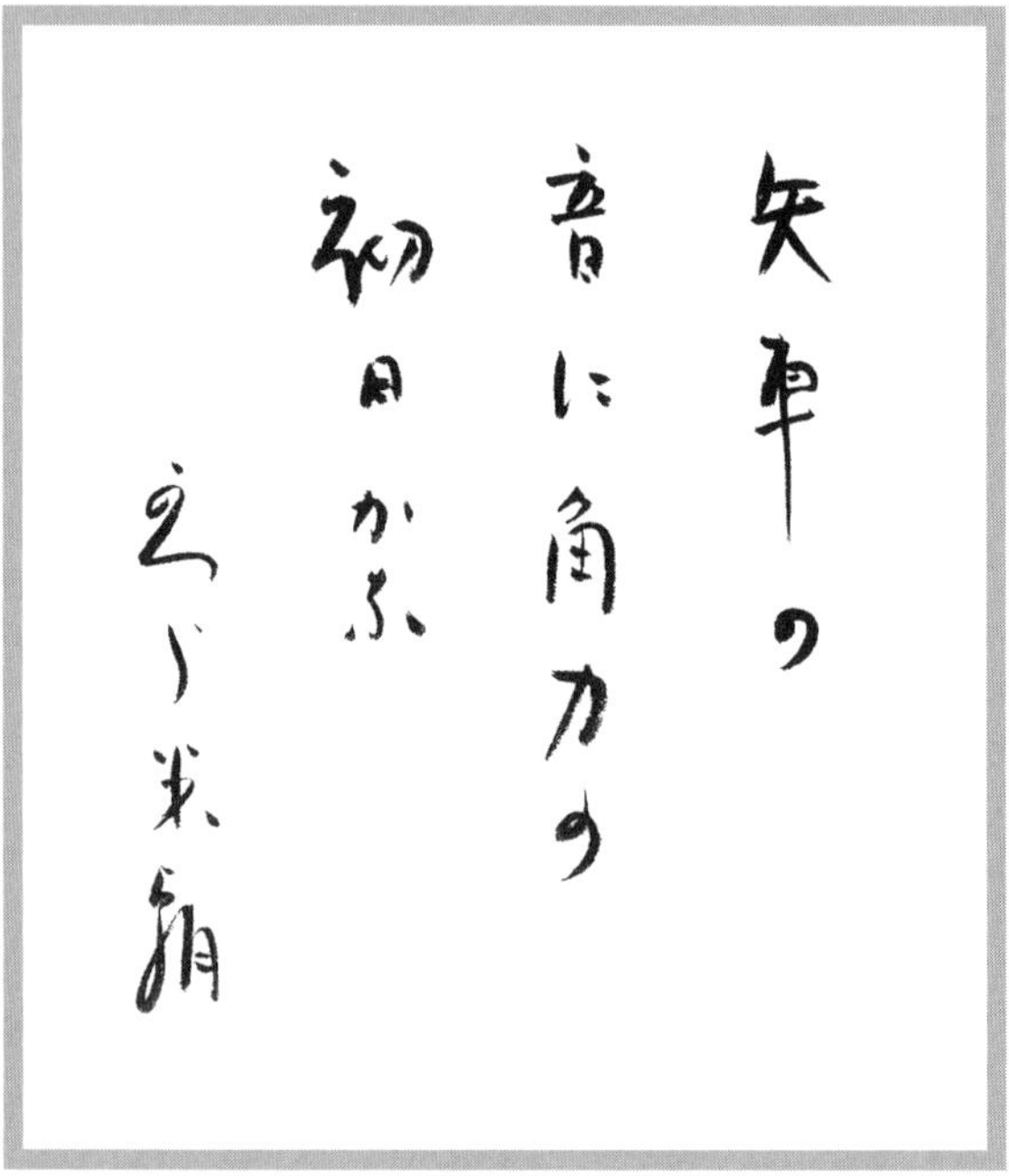

矢車の音に角力の初日かな

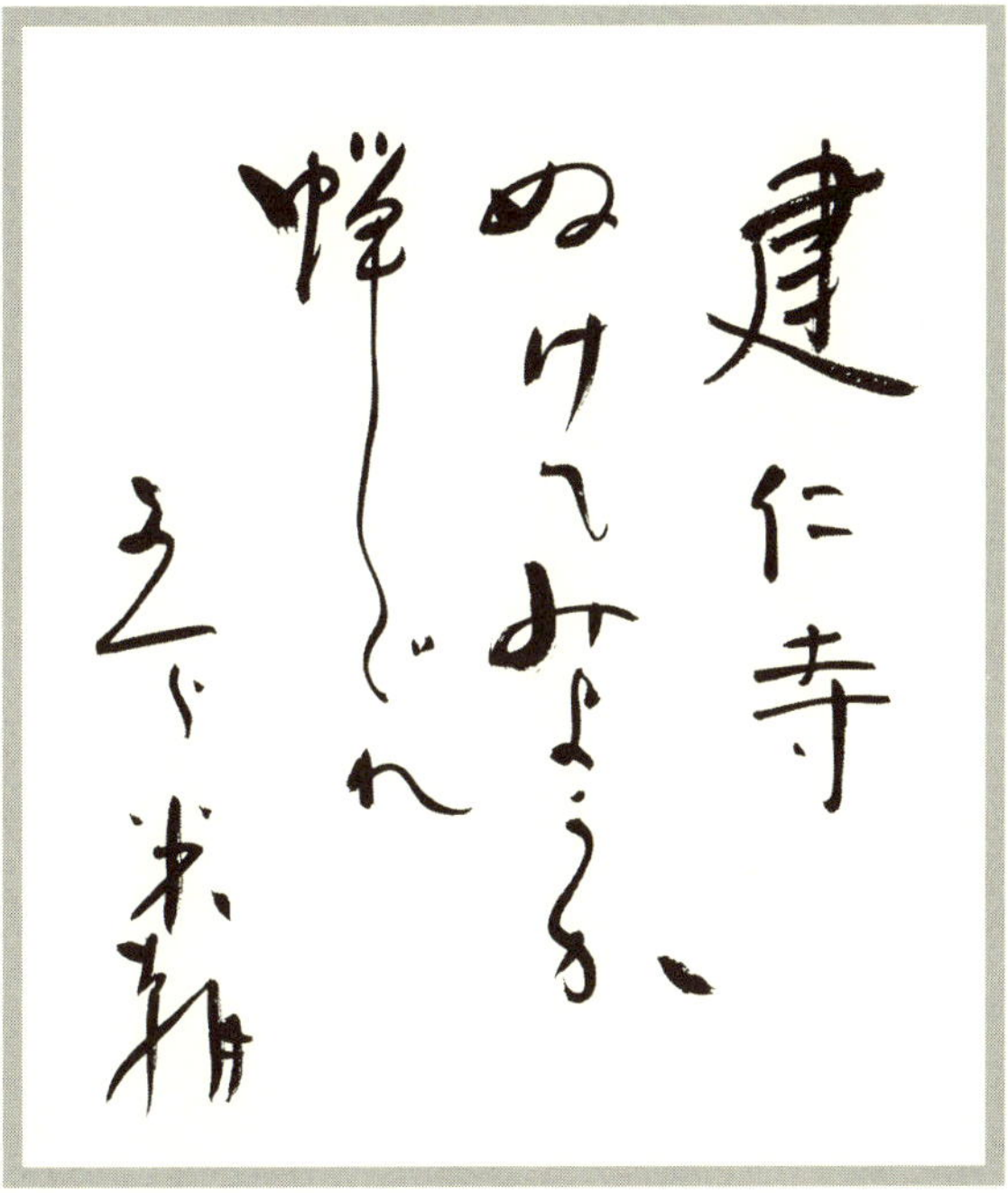

建仁寺ぬけてみようか蝉しぐれ

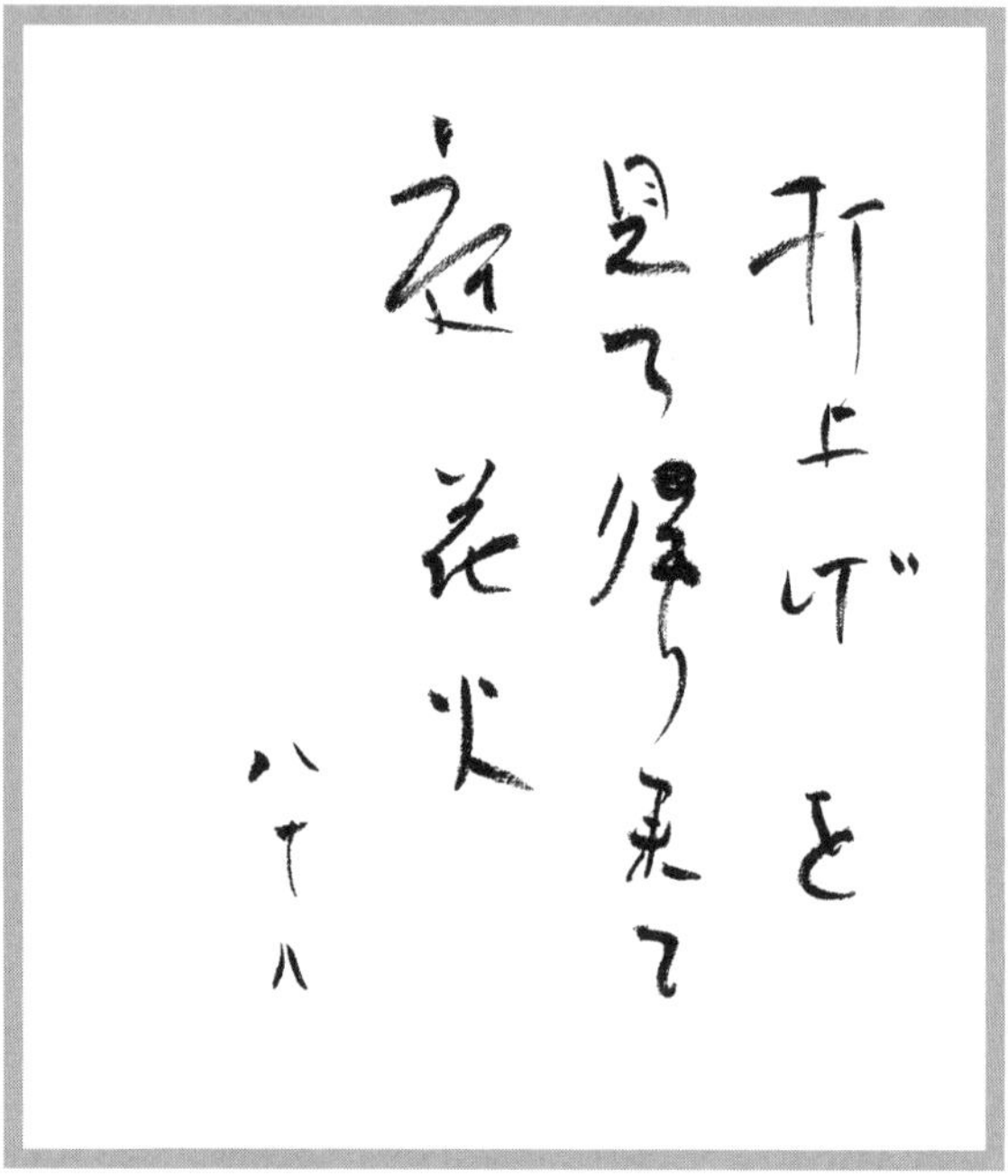

打上げを見て帰り来て庭花火

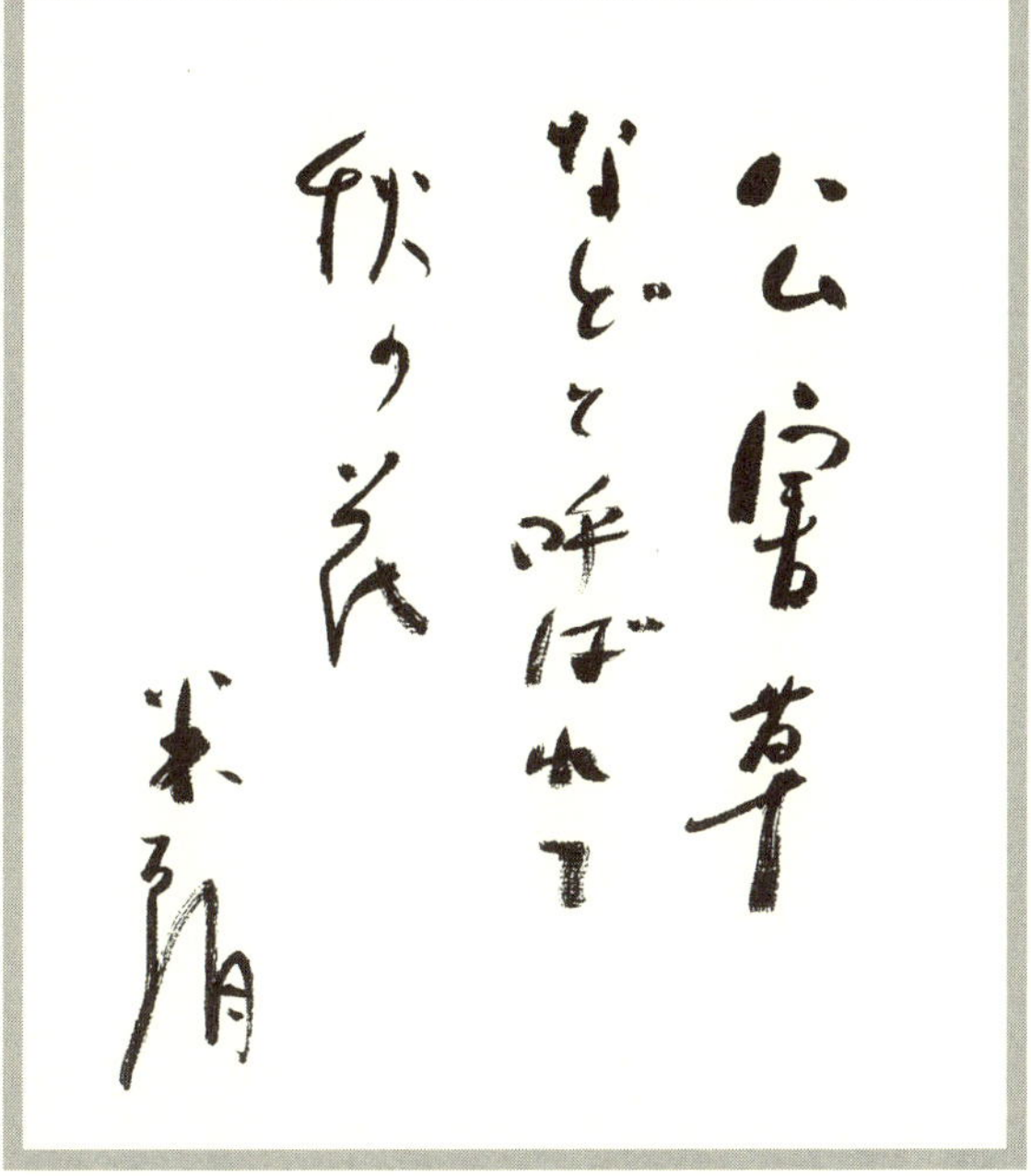

公害草などと呼ばれて秋の花

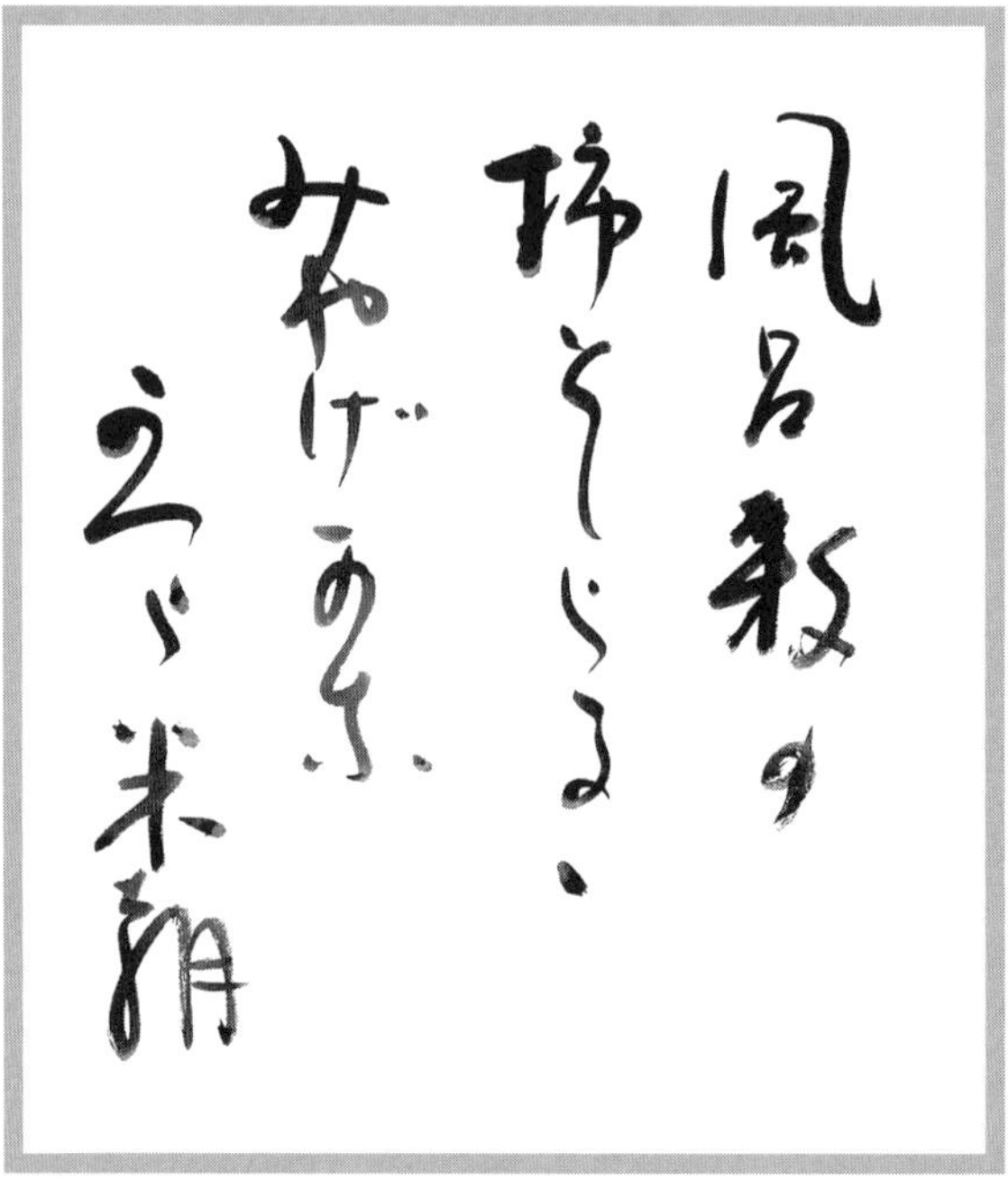

風呂敷の柿としらるゝみやげかな

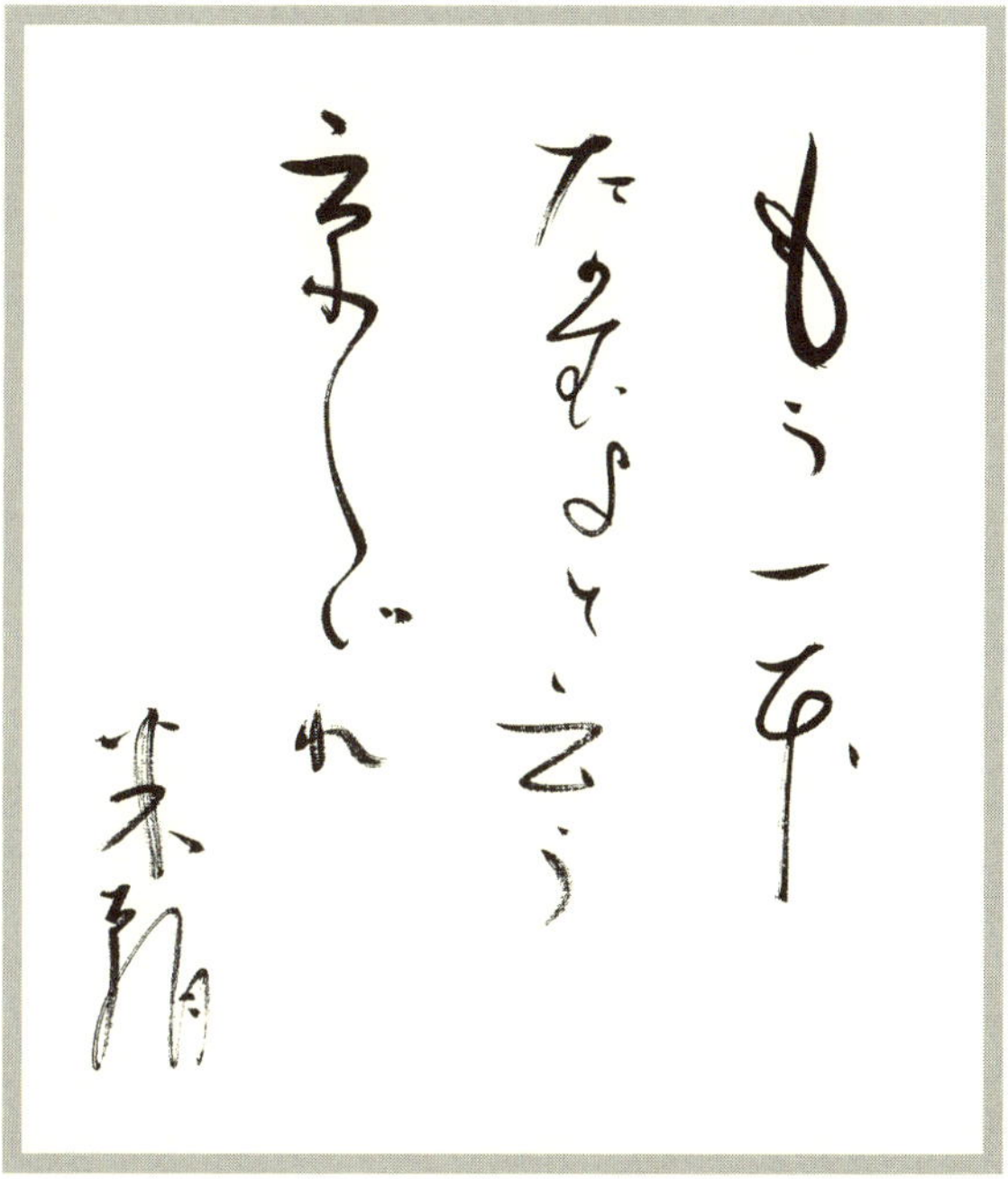

もう一本たのむよと云う京しぐれ

随筆

縁が切れたり戻ったり

私が俳句に興味を持ったのは小学生の時からです。五、七、五で一つの絵画のような世界を描けることが、何となく良いなと思えたからで、また当時の小学生向きの雑誌などには、子供でも解るような俳句がよく載っていたものです。

名月や　畳の上に松の影　〔其角〕
名月や　池をめぐりて夜もすがら　〔芭蕉〕
名月をとつてくれろと泣く子かな　〔一茶〕

なんという句は、小学生の時に覚えたと思います。

中学生(旧制)になってから、俄然熱心になっていろんなものを読みました。正岡子規の影響で蕪村が好きになったり、一茶をよみふけったり、やはり芭蕉に戻らねば……なんて生意気なことを考えたり、雑誌の『ホトトギス』や『俳句研究』なども読みました。

作句もかなりやったのでしょうが、ろくな物があるわけはない。姫路市の実家は空襲で丸焼けになったので、ノートも何も残っていません。

蜩《ひぐらし》や　残照　谷の水ゆるる
棟上げの祝いありけり　桃の村
　姫路城
青を沈めて　晩春濠《ほり》の重さかな

などが記憶に残っています。

昭和十八、十九、二十年……、その頃は東京に居たのですが、戦争がどんどん激しくなり(軍隊にも一寸だけゆきました)、俳句とはこの辺で縁が切れました。

敗戦後、同好の人に誘われて句会に参加したこともありましたが、はなし家になってからは俳句とは全く無縁でした。

そこへこの旧知の連中から「やなぎ句会」に勧誘されました。当時、東京にレギュラー番組があったりした関係で、初期の頃はわりと出席率もよかったんです。しかし、何と言っても関西在住の悲しさで、他の同人連の四分の一も出席していないと思います。

俳句への興味もさることながら、気の合った面白い連中とダベるのが楽しく、殊に、矢野誠一、江國滋、三田純市などとは飲み仲間でしたから、句よりも酒となり、何か作ってお茶をにごしておく……ということも屢々《しばしば》ありましたな。

しかし、何と言ってもこの顔ぶれですから知らず知らず、馬鹿ばなしの間から受けた恩恵は数知れぬものがあるでしょう。

おかげ様で、と言うべきか、情けないことながら、と言うべきか、七十代半ばになっているのに何となく多忙なものですから、今度の*三十句の選句もいいかげんなもので、これに洩れた名句もあるのでは……と思っています。

川柳は落語にはよく引用されますが、俳句の方はわりと縁がうすく、大阪に「鍬盗人《くわぬすっと》」という珍しい小咄があるぐらいでしょう。今では私以外、誰もやらないと思うので一つ、御紹介してみます。

俳諧師の家に奉公している権助が、主家の鍬を盗み酒に代えて飲んでしまう。

「これ権助、村の酒屋へ行ったらうちの鍬がある。聞いてみるとお前が持ってきて二升の酒に代えていったと言うではないか。とんでもない奴、うちにはもう置いておけん、とっとと出てゆけ」

「いやァばれたか。そんならわしが歌を詠むで、それで勘弁してくだされ」

「お前らに歌や句が作れるか。できるもんならやってみい」

「こうはどうかな、……俳諧のうちに居《い》りゃこそ句は(鍬)ぬすむ……と」

「なに、俳諧のうちに居りゃこそ句は(鍬)ぬすむ、か、なるほど」

「すき(鋤)があったら又やぬすまん」

……そう盗まれてはたまらない。

ちょっと面白い小咄ですが、現在、誰もやらない理由の一つに鍬や鋤を世間の人が知らなくなったということが大きい。家庭菜園がさかんと言っても、鍬はまだしも鋤は見たこともない人が多いでしょう。農業もどんどん機械化されている今日、俳句の季題でも通用しなくなったものが多いことでしょうな。

（東京やなぎ句会編『友あり駄句あり三十年』平成十一年三月、日本経済新聞社刊）

＊『友あり駄句あり三十年』には自選三十句を収録。

四十周年、短いような長いような

「東京やなぎ句会」が四十周年と聞いて、自分でも驚いているところです。第一回の句会は新宿の鮨屋でした。つい昨日のことのような気もするし、えらい昔のような気もいたします。句会を月一回開いて、もう四八〇回になるという。まさか、こんなに長く続くとは思いませんでした。それは私だけでなく、誰も思わなかったでしょうな。

私は関西に住んでいる関係もあって、出席率は一番悪いと思います。初めの頃は、東京での仕事も多く、結構出席していました。電話参加したこともありました。そのうちに欠席することが多くなり、年一回くらいの出席になってしまった。

ところが、たまに出席すると、なぜか成績がいい。時々来て賞品たくさんもろて帰る、なんて、みんなからブウブウ言われたりもしました。

やなぎ句会が出来る前のこと、私は「上方風流《かみがたぶり》」という会に参加していました。芸能についての雑誌を出したりしていましたが、同人は吉村雄輝《ゆうき》さんや山村楽正《らくしょう》さんなど一升酒を飲むような者ばかりでした。

ところがやなぎ句会は、圧倒的に下戸が多い。それも一滴も飲めない完全な下戸。定例の句会でアルコールが出るというのは、まずありませんな。この会の中では、私は少数派です。

こんなに喧しい顔ぶれが寄っているのに、酒を飲まないというのは不思議だと、よく言われます。

ところが、酒を飲まないからといって、句作に集中しているわけやない。みんな、だべっているのが楽しくて、毎月集まっているんですな。私ら酒飲みより下戸のほうがワアワアと賑やかです。酒を飲まないから、喋らなしょうがないんですな。

けど、決して無駄な時間ではない。何の気兼ねもいらない仲間同士の馬鹿話には、役立つことも多いもんです。

やなぎ句会の雰囲気は、普通の句会とはまったく違うやろと思います。俳句の先生から「あれは句会とは言えない」と言われたそうですが、誰も反対するものはおらんと思いますし、それが自慢でもあります。

私と俳句との出会いは、小学生の頃に遡ります。親父が俳句好きで、家には『一茶俳句集』などの本がたくさんありました。大判で分厚い歳時記もあったのを覚えています。昔は子規に影響された青年が多かったと聞きますが、親父もその一人やったと思います。

親父の影響で、俳句の本や小学生向けの雑誌を読んだりしているうちに、俳句が好きになりました。

旧制中学に上がってからは、子規、芭蕉、蕪村、一茶と、いろんなものを読みふけりました。それぞれに違った味わいがあり好きでしたが、しいて言えば、滑稽味がある一茶が一番面白く思えました。

考えてみれば、私らの師である正岡容《いるる》も、句集『日日好日集《にちにちこうじつ》』(昭和十五年、風流陣発行所)を刊行しています。東京・谷中の玉林寺には、私ら門弟が建てた句碑があります。そこには、

おもひ皆叶ふ春の灯点りけり

が刻まれていますが、これもみんなで選びました。

やなぎ句会には、私を含め門弟が四人（小沢昭一・大西信行・加藤武・桂米朝）おります。この誰も、正岡さんから俳句を教わっていないようですが、知らないうちに影響は受けているんやろうと思います。


もう一人の師・四代目桂米團治は川柳をちょいちょい作っていました。

落語「代書」に出て来る「儲かった日も代書屋の同じ顔」「割印で代書罫紙に箔をつけ」はよく知られています。

落語では、川柳はしばしば引用されても、俳句はあまり使いません。可笑し味という点で川柳のほうが落語に近いため、自然と馴染むのでしょう。

私らの俳句はいい加減なもので、川柳と大差ないものも多いと思います。初期のころは、遊びで破礼句《ばれく》を作ったこともありました。

破礼句というものは、しょうもないものを作るんやったら、すぐ出来る。けど、「洒落ているな」とか、「粋だな」とか思わせるような、ちょっと気の利いたものを作ろうと思うと、それは簡単やない。みんなを感心させるような破礼句を作るのは、ふつうの句よりかえって難しいと思います。

やなぎ句会では、年に一度か二度、興行としての句会を開いています。お客さんも仰山来てくれて楽しんでもらえるのは、私らとしても嬉しいことですな。

平成十九年三月には、私の芸能生活六十年を祝うというて、大阪・北浜の花外楼に同人が勢ぞろいし、句会を開いてくれました。

同じ年の七月は、日本橋三越劇場恒例のトークショー「大句会」に出演し、ほんとうに久々に優勝させてもらいました。

打上げを見て帰りきて庭花火
うちの子でない子がいてる昼寝覚め

「打上げを……」は、同人の選句で天に取ってもろたもの。「うちの子で……」は、ゲストの鷹羽狩行先生より、えらい褒めていただきました。

「いてる」というのは大阪言葉ですが、意識的に使ったわけではありません。自然に浮かんだものですが、東京の人にとっては面白く聞こえたんでしょうかな。

ただ、大阪言葉を織り込んだ俳句は、普通はあまり作ることがないと思います。

句会には俳人をお招きすることがありますが、やはり巧いと思いますな。俳人の先生は、作らならんとなったら、ちゃんといい句を作る。その集まりがどういうものかということを考えて、場に相応しい句を作れる。これは、私ら素人では、ちょっとできんことです。

私らの句作は実にいいかげんなもので、締切時間になったから出しておこう、というようなこともしばしばあった。高浜虚子編『新歳時記』は持っていましたが、あまり使いませんでした。

とにかく、四十年、元気にだべって俳句を作ってこられたことは、とても幸せなことでしょうな。東京やなぎ句会の縁を、ずっと大切にしたいと思っております。

（東京やなぎ句会編『五・七・五――句宴四十年』平成二十一年七月、岩波書店刊）

解説　米朝さんの俳句

権藤芳一

「米朝さんの句集を出したい。何処か出してくれる本屋はないかなァ」と思ったのは、もうずいぶん昔のことである。米朝さんが俳句を作っていることは、早くから知ってはいた。行きつけの飲み屋の壁に、自筆の句を記した色紙が、無造作に押ピンで貼ってあるのに出くわして、「なかなかええやん」と思ったこともあった。

私自身、俳句が好きだったが、自分で作ることはなかった。しかし歳時記を何種類か買い揃えていた。芭蕉や蕪村は、古典の勉強として読んでいた。しかし近年は、正統な俳人の俳句よりも、能の近藤乾三、狂言の野村万蔵、それに歌舞伎の初代中村吉右衛門といった舞台人の句集や、戸板康二、池田弥三郎、郡司正勝など、御親交をいただいた先生方が、余技として詠み、編まれた句集の方が好きだった。

その道一筋、五・七・五の短詩型に命をかけたようなきびしい俳人の句より、素人が気儘に詠まれた句の方が、こちらも気楽にたのしめる。その人の一面を知っていると、ニヤリと感心したり、ソウソウと頷いたりして、その句により親しみがわいてくる。中には、これはと思う名句も発見する。


米朝さんの句歴は詳しくは知らない。また句作に耽っている場に立ち会ったこともない。しかし、本人の書かれたものによると、小学生の頃に始まり、旧制中学生時代は相当熱心に俳句に取り組まれたが、落語家になってからは、一時縁が切れたということである。しかし頼まれて筆をとられた色紙が、馴染みのお茶屋に掛かっていたりするから、全く無縁であったとも思われない。

昭和四十四年、「東京やなぎ句会」に参加されたと聞いて、いよいよ本格的に句作に励まれるのかと思ったが、この句会は俳句の修業をする場ではなかった。気の合う仲間が集って自由に雑談と俳句を楽しむ場なのであった。句会の最中は、とても賑やかで笑い声が絶えないらしい。「これで俳句を作らなくてよいのなら、もっといいのに」と誰かがぼやいた由だが、実は喋りながらも結構俳句とも向き合い、いつの間にか名句を詠んでいると聞く。メンバーの顔ぶれを見れば、一家言ありそうな大看板揃い。この妙技も頷けるというものだ。「やなぎ句会」は時々、句会自体をホールで公開することがある。西鶴以来とは言え、今日、句会を興行として催すのは異例である。だが「東京やなぎ句会」だけは別だ。時折、句会には専門の俳人もゲスト参加し、一緒に楽しんでいる様子で、これも会員の人徳に違いない。

最初は素人でも継続は力なりで、毎月五句作っていれば、なんとか形になるものである。もともと一芸に秀でた人達だけに、すでに立派な句集を刊行している御仁もある。米朝さんは、遠方だったので出席率は一番悪かったようだが、それなりに句の数もふえてきた。

師である正岡容にも句集があり、門弟でやなぎ句会同人の小沢昭一、大西信行、加藤武、永井啓夫、桂米朝らが、師の句碑も建てている。しかし正岡から特に俳句を学んだ、という形跡はない。米朝さんの落語の師匠である四代目桂米團治は川柳を作っていた。先年、その米團治がもと代書屋をやっていた旧地に「儲かった日も代書屋の同じ顔」の句碑が建てられた。

米朝さんにも、「親友を悪友とよぶ仲の良さ」という川柳がある。近年、川柳の範囲がひろがり、古川柳のような洒落気を楽しむだけでなく、ずいぶん深刻な句もある。俳句の方も、無季句や思想的な内容もあって、俳句と川柳の境目がだんだん無くなって来ている。しかし、私のような素人は、やはり季語があり、上五文字が「――や」で始まり、下五文字が「――かな」の切字で収まっている方が、いかにも俳句らしくて好きである。

さて、米朝句集である。米朝さんの落語自体は、レコード、CD、VHS、DVDなどの媒体に、その音声、映像が収められている。定本として活字化されたものも『米朝上方落語選』正続(立風書房)『米朝落語全集』全七巻(創元社)が早くに刊行されている。更に上方落語に関するネタや周辺の考証は『上方落語ノート』全四巻(青蛙房)にまとめられている。その他、落語のみならず上方芸能全般についての調査・研究の文章は『桂米朝集成』全四巻、上方芸能についての関係者との談話は『桂米朝座談』全二巻に収録、いずれも岩波書店から刊行されている。彼の仕事はすべて集大成され、後世への貴重な資料として残されることは確実である。落語史上、希有な業績だと言える。そして、あとに残ったのは句集だけである。

米朝さんの俳号は、米という字を分解して〈八十八《やそはち》〉である。米寿のお祝に「八十八句集」を出しませんか、と、あれはたしか米朝一門会の打ち上げの席で、たまたま同席した岩波書店編集部の中嶋裕子さんに、半ば冗談めかして、恐る恐る進言した。まさか岩波が句集を出すとは思っていなかった。ところが話がトントンと進み、米寿ではなく、この平成二十三年七月の東京での「桂米朝展」に間に合わそう、という事になり、お前が言い出しべえだから解説を担当しろという次第になった。

実は、これも古い話だが、米朝さんに自分の持ちネタの落語を俳句にしてみませんか、とすすめたことがあった。安藤鶴夫が先代桂文楽の口演を、そのままの速記ではなく、文楽の語り口、雰囲気を残しながら創り直した仕事があり、それは『落語鑑賞』として、苦楽社から昭和二十四年七月に刊行された。御存知の方も多いと思うが、装幀・挿画が木村荘八、久保田万太郎が「序に代えて」と、一演目ずつに俳句を一句書いていた。例えば、「船徳　四萬六千日の暑さとはなりにけり」「心眼　短日や大提灯の朱ヶのいろ」「明烏　大門という番所ありほととぎす」「愛宕山　はる風をきり土器《かわらけ》のとびにけり」——写しだせばキリがないが、いずれもその落語の内容を知り、黒門町の高座を覚えている人にとっては、たまらない句が並んでいた。

丁度、それと同じことを、米朝さん自身でやらないものかと思い、自分が試しに二三句作って、米朝さんに見せたが、一笑に附せられた。今回、句集を出すに際して、米朝十八番を句に出来ないものかと思った。ところが本人には一向その気がない。昔、芭蕉の弟子の凡兆が「——雪つむうへの夜の雨」の上五が出来ず、師の知慧を借りに行った時、芭蕉が即座に「下京や」と置いたという話、もう一人の弟子李由が「——比良より北は雪げしき」の上五につまった時、「鱈舟《たらぶね》や」とすえた話も残されている。そのように、私などが駄句を示せば、一寸修正して名句に直るかも知れないし、「そんなんアカン、俺ならこう詠む」と新しい句が生まれるのではないか、と思った。ご子息の米團治君も私の案に賛同して、なんとか十八番を句にして、米朝さんに見せたが、全く相手にされなかった由。だから今回の句集に落語ネタのものはない。（強いてさがせば「河豚提げしらくだに死相なかりしか」（らくだ）「白壁の落ちし土蔵や梅雨じめり」（こぶ弁慶）「酢豆腐の居るはにぎわし夕涼み」（ちりとてちん）などがあるにはある。）

それで今回は、「やなぎ句会」で昭和四十四年一月から平成二十三年四月までに発表された句を中心に、その他色紙に書かれたものなども収めた。もとより私には俳句の巧拙など論じる資格はないが、改めて米朝さんの句を読み直してみると、さすがに知的好奇心旺盛で、対象のひろがりには感心する。やや理屈っぽい句や一寸生《なま》やなァと思う句もあるが、やはりお人柄を反映して、やさしさ、人懐っこさ、そして、淋しがり屋の一面をうかがわせる〈情〉の句が多い。

句集の末尾に「八十八の頭脳枯れたり春くるる」がすえられている。そんな弱気にならず、この初句集刊行を機に、再び作句への意欲をふるい起し、八十八の米寿、卆寿を祝う句集が次々と出来ることを願ってやまない。

落語ネタの句の作られることも、まだあきらめてはいない。

あとがき

このたび権藤芳一さんのお勧めにより、私の句集をまとめさせていただくこととなりました。米寿に先駆けての上梓、まことに有難いことと心より感謝しております。

東京やなぎ句会で詠んだものを中心に集めてみたところ、およそ二百にも上るそうで、自分でも驚いています。

中には「あれ、こんな句作ったかな」というものや、また「我ながら、ええ句やな」と思えるような句もございます。

句作を習うたこともない素人ゆえ、駄句もまたご愛嬌と思し召し、ご笑覧いただければ幸いに存じます。

平成二十三年七月二十一日

桂　米朝

桂 米朝

大正 14(1925)年大連生まれ．落語家，重要無形文化財保持者(人間国宝)，文化功労者，文化勲章受章．昭和18(1943)年，作家の正岡容に師事．昭和 22(1947)年，四代目桂米團治に入門，三代目桂米朝を名のる．六代目笑福亭松鶴らと共に戦後の上方落語復興に尽力した．『米朝落語全集』全 7 巻(創元社)，『上方落語ノート』1〜4 集(青蛙房)，『落語と私』(ポプラ社)，『桂米朝集成』全 4 巻，『桂米朝座談』1・2，『完本 正岡容寄席随筆』(共編)，『四世桂米團治寄席随筆』(編)(以上，岩波書店)など著書多数．

桂米朝句集

2011 年 7 月 21 日　第 1 刷発行

著　者　桂《かつら》 米朝《べいちょう》

発行者　山口昭男

発行所　株式会社 岩波書店
〒101-8002 東京都千代田区一ツ橋 2-5-5
電話案内 03-5210-4000
http://www.iwanami.co.jp/

印刷・三陽社　カバー・半七印刷　製本・三水舎

ISBN 978-4-00-025811-1　　Printed in Japan

五・七・五　句宴四十年
東京やなぎ句会編
四六判二六八頁
定価二一〇〇円

楽し句も、苦し句もあり、五・七・五
―五百回、四十二年―
東京やなぎ句会編
四六判二三二頁
定価一八九〇円

桂米朝座談　1・2
桂米朝
豊田善敬
戸田学編
四六判平均三三五頁
定価各二六二五円

完本　正岡容　寄席随筆
正岡容
桂米朝・小沢昭一
大西信行・永井啓夫編
菊判四八八頁
定価一二六〇〇円

四世桂米團治　寄席随筆
桂米朝編
菊判三九四頁
定価一〇五〇〇円

岩波書店刊

定価は消費税5％込です
2011年7月現在